내 꿈을 찾는 시간

내 꿈을 찾는 시간

발 행 | 2021년 12월 30일

저 자 | 인천광역시교육청 커리어코치

펴낸이 | 한건희

펴낸곳 | 주식회사 부크크

출판사등록 | 2014.07.15.(제2014-16호)

주 소 | 서울특별시 금천구 가산디지털1로 119 SK트윈타워 A동 305호

전 화 | 1670-8316

이메일 | info@bookk.co.kr

ISBN | 979-11-372-6771-8

www.bookk.co.kr

숨겨진 적성과 흥미를 찾다
중학교 자유학년제 대비 진로 프로젝트

내 꿈을 찾는 시간

인천광역시교육청 커리어코치

적성 흥미
진로설계

자기이해

드림넷카드

BOOKK

내 꿈을 찾는 시간

- 열정에 진심을 더하다!
중학교 자유학년제 대비 진로 프로젝트 -

커리어코치로서 현장에서 다양한 강의 활동을 통해 학생들을 가르쳤던 생생한 경험과 노하우를 소개하는 워크북으로 어떠한 마인드를 가지고 꿈을 준비할 수 있는지에 대해 자세한 내용과 활동을 통해 소개하고자 한다.

머리말

 진로(進路)와 직업(職業) 세계는 과거와는 비교할 수 없을 만큼의 빠른 속도로 변화하고 있고 변화 속도 또한 점점 빨라지는 추세로 청소년들에게 있어 진로는 매우 중요한 영역으로 자리 잡고 있다. 또한 대한민국은 그 어떤 나라보다도 교육에 대한 열의가 높은 부모들의 관심으로 청소년들은 부모의 기대에 부응하고자 하는 마음과 자신의 진로를 개척해야 함에 있어 부모의 입김에 이끌려 진로 선택을 하게 되는 경우를 우리는 주변에서 종종 경험할 수 있다.

 해마다 학교 현장에서는 다양한 교육과 강의가 이루어지고 있는데 특히 진로 분야는 미래 교육이 강조되면서 가장 중요한 분야로 주목받고 있음은 분명한 사실이지만 기초부터 심화까지 마련된 제대로 된 진로 지침서는 찾아보기가 어려운 상황이다. 이에 인천시교육청 커리어코치 강사단은 진로 교육공동체로서 십 년 넘게 교육 현장에서 직접 가르치고 경험하고 연구, 개발하는 일을 현재까지 꾸준히 해오고 있다. 다양한 현장의 경험과 개선할 부분을 여러 해 동안 고민을 하면서 진짜 나를 찾기 위한 진로 교육 지침서에 대한 필요성이 대두되기 시작하게 되었고 그 시발점을 통해 오늘의 진로 워크북을 발간하게 되는 순간을 맞이하게 된 것이다. 이것을 시작으로 꾸준히 워크북을 제작할 예정이기도 하다.

 이 워크북은 미래 직업을 선택하게 될 청소년들에게 구체적인 진로 결정이나 답을 알려주는 접근에서 벗어나 자신의 흥미와 적성을 이해하고 강점을 발견하게 되어 자신의 미래를 위해 준비하는 시간을 마련하고자 하였다.
 진로 교육프로그램 진행을 통해 비슷하고 유사한 프로그램들을 수정·보완하였고 특히 코로나19로 온, 오프라인 수업 상황에 적절하게 사용할 수 있도록 쉽게 정리하였으며, 이 과정에서 새롭고 재미있으며 청소년들의 눈높이에 맞춰 아이디어를 제시하면서 담아내려고 노력하였다.

지난 7월 중순부터 8월 초까지 코로나19로 1년이나 연기되었던 2020 도쿄올림픽이 개최되었다.

다양한 나라 선수들의 경기를 보면서 참가한 선수들의 역량과 실력에 감동하기도 했다. 경기를 보면서 갑자기 올림픽 의의가 궁금해서 검색해보니 "올림픽 정신은 승리하는 데 있는 것이 아니라 참가하는 데 있으며 인간에게 중요한 것은 성공보다는 노력하는 것이다"라고 한다. 그렇다.

진로에 성공이라는 강박에서 벗어나 자신의 꿈과 비전을 위해 긴 안목으로 자신을 사랑하는 마음으로 들여다보고 설계해 보면서 자신감을 느끼고 미래의 행복한 나를 위해 노력하고 준비하는 자기 삶의 주인공이 되길 바라며 이 진로 워크북을 통해 청소년들의 꿈을 응원하는 안내서가 되기를 바란다.

2021.12.01. 저자 일동

추천사

커리어코치 워크북 출간을 축하하며

인천광역시교육청 장학사 이진선

안녕하세요, 인천광역시교육청 중등교육과 장학사 이진선입니다.

우선 2021 커리어코치 워크북 출간을 진심으로 축하드립니다. 지난 오랜 시간 동안 인천의 진로 교육을 위해 애써오신 커리어코치들의 열정과 노고가 그대로 느껴지는 것 같습니다.

진로 교육은 아이들이 자신의 삶을 스스로 꾸려나가는 힘을 길러주는 것을 그 목표로 하고 있습니다.

자신이 어떤 사람인지를 이해하고, 그 이해를 바탕으로 자신에게 맞는 미래를 설계해나갈 수 있도록 하는 것이, 아이들의 진로 교육을 담당하는 우리가 해야 할 몫이겠지요.

바로 그 몫을 누구보다 충실히 실천하고 계신 분들이 바로 인천광역시교육청의 커리어코치가 아닌가 싶습니다.

진로 교육에 대한 열정, 아이들의 꿈을 실현하게 해 주고 싶다는 열정, 그 뜨거운 열정들이 모여서 오늘의 이 결실을 보았다고 생각합니다.

이 워크북이 학교 현장의 진로 교육에 큰 도움이 될 것이라 믿습니다. 커리어코치로서 다양한 교육활동을 운영하며 직접 겪었던 많은 경험이 이 워크북을 통해 빛을 발하기를 기대합니다.

다시 한번 워크북 출간을 진심으로 축하드립니다.

커리어코치 워크북 출간을 축하합니다

인천진산과학고등학교 교감 최항철

4차 산업혁명 시대와 코로나19로 인한 급속한 사회변화 속에서 진로 교육의 중요성은 더욱 대두되고 있으며, 이런 시점에 놓인 우리 청소년들에게 꿈과 비전을 생생하게 기록하여 포트폴리오로 남길 수 있는 워크북이 꼭 필요합니다.

이를 위해 인천광역시교육청 커리어코치 강사단이 지혜와 힘을 모았습니다. 인천광역시교육청 커리어코치 강사단은 2010년부터 학생, 학부모뿐만 아니라 교직원 대상으로 다양한 진로 교육프로그램을 매년 200회 이상 진행한 진로 전문가로 구성되어 있습니다.

커리어코치 강사단의 전문성을 바탕으로 학생들의 눈높이를 고려하여 누구나 쉽게 자신의 꿈을 위해 실천할 수 있도록 만드는 워크북이라는 점이 돋보입니다. 이 워크북이 진로와 진학을 대비하고 꿈을 키워나가는 중학생과 초등학교 고학년 학생에게 자신의 꿈을 찾고 준비할 수 있다는 희망의 메시지를 전달할 것으로 기대합니다.

앞으로도 계속 인천광역시교육청 커리어코치 강사단의 발전과 워크북의 진화를 응원합니다.

1. 1인칭 전지적 시점

① WHO AM I?

   - Truth or Lie 게임을 통한 자기 이해

② 핵심 경험 찾기(경험키워드)

   - 나를 내 삶의 주인공으로 만들어준 경험 10가지 이야기

WHO AM I?

(Truth or Lie 게임을 통한 자기 이해)

진로는 자신과 세상을 연결하는 것이다. 올바른 가치관과 태도로 자신을 긍정적으로 바라보는 것에서부터 출발하며 흥미, 적성, 성격, 가치관, 신체 특성 등 자기에 대한 올바른 이해와 직업 세계, 급변하는 세상에 적응하는 힘을 키우는 것이 중요하다. 그러므로 전 생애에 걸친 진로 설계는 자기 이해가 매우 중요한 출발점이라고 볼 수 있다.

자기 이해의 다양한 방법 중 스스로 성찰을 통한 자기 이해와 타인을 통한 자기 이해, 그리고 친구들과 관계 형성을 도울 수 있는 'Truth or Lie 게임'을 소개한다. 이 게임에서의 관계 활동은 서로를 응원해 주는 심리적 지지가 가능하고 다양한 각도에서 자신을 이해할 수 있으며 직업과 미래 사회 등의 진로 정보를 보완할 수 있다는 좋은 점을 가지고 있다.

1. 수업의 목적

본격적인 주제 활동에 앞서 서로 협력하고 소통할 수 있는 분위기 조성이 필요하다. 그것을 위해 많이 쓰는 기법이 '스팟'과 '아이스브레이킹'이다.

'각자 원하는 것'을 알아서 놀게 한다는 의미를 가진 Recreation의 초기 단계로 'Spot'은 진행자에게 집중을 유도하는 다양한 활동을 일컫고 'Ice Breaking'은 얼음같이 차갑고 서먹한 분위기를 깨기 위해 하는 참가자끼리의 관계 활동이다. 스팟과 아이스브레이킹이 잘 진행되면 본격적으로 참가자끼리의 소통이 일어나며 참가자들 간에 그룹프로젝트를 수행할 수 있게 된다.

'Truth or Lie 게임'은 스팟과 아이스브레이킹의 두 가지 역할이 가능하며 자신과 타인을 가볍게 탐색하는 활동으로도 활용할 수 있다.

Truth or Lie 게임

1. 나는 중학교 때 전교 2등을 했었다.

2. 나는 전국노래자랑 최우수상을 두 번 탔다.

3. 나는 현재 직업이 다섯 개이다.

거짓 4. 나는 초등학교 때 꿈이 개그맨이었다.

2. 'Truth or Lie 게임' 활동 방법

1) 스팟 'Truth or Lie 게임'
 ① 교사가 먼저 자신에 대한 4개의 정보 중 1개는 거짓, 3개는 진실을 쓴다.
 ② 자신의 정보로 문제를 내고 하나의 거짓을 맞게 한다.
Tip 교사의 스팟 문제는 진로, 꿈과 관련한 스토리텔링을 할 수 있는 문제를 만든다.

2) 아이스브레이킹 'Truth or Lie 게임'
 ① 포스트잇, 또는 A4를 준비하고 이름을 먼저 쓴다.
 ② 자신을 가장 잘 나타내는 3개의 진실, 1개의 거짓 문제를 만든다.
 ③ 아래에 작은 글씨로 답을 쓴다.

④ 다 쓴 학생은 칠판에 붙이거나 걸는다.

⑤ 추첨을 통해 선정하고 4개의 정보로 누구인지 맞히며 친구를 알아간다.

Tip '잘생겼다' 등 주관적인 문제가 아니라 객관적인 문제로 쓰게 한다.

　　 자신의 문제를 발표하며 맞히게 하는 방법도 가능하다.

3. 기대효과

1) 'Truth or Lie 게임'에서 4개의 문제를 만들 때 학생들은 진지하고 깊은 고민을 하게 된다. 객관적인 사실을 바탕으로 자신에 대한 문제를 만들기 때문에 과거로부터 현재까지의 자신의 모습에 대해 성찰이 이루어진다.

2) 자신의 문제를 듣고 친구들이 누구인지 맞혀야 하므로 자신의 고유한 특성을 찾는 데 집중할 수 있다.

3) 퀴즈 형식으로 진행되기 때문에 친구들의 정보를 경청하는 태도를 기를 수 있다.

4) 친구들의 진실과 거짓 정보를 구별하면서 타인에 대한 이해가 높아진다.
(실제 학기 말에 외국인 국적을 가진 친구를 이 게임을 통해 그 사실을 알게 된 사례도 있다.)

5) 무작위 뽑기 형식의 발표는 재미와 자발적인 참여를 이끌 수 있다.

6) 수업 시간이 넉넉하다면 학급 모든 학생의 발표를 통해 자신감을 높일 수 있다.

내 꿈을 찾는 시간

ⓘ Truth or Lie 게임

이름

1. 과거부터 현재까지 자신의 경험과 모습을 떠올려 보세요.

2. 자신에 대한 정보를 참고하여 4개의 문항을 만드세요.

3. 4개의 문항 중 3개는 참, 1개는 거짓으로 만드세요.

4. 거짓이 몇 번인지 답을 아래에 써 주세요.

*객관적인 정보로 문제를 만듭니다.

내 꿈을 찾는 시간

Top 10 MUX(Middle School User Experience)
(나를 내 삶의 주인공으로 만들어준 경험 10가지 이야기)

 우리는 살아가면서 많은 것을 경험한다. 경험이란 실지로 보고 듣거나 몸소 겪음을 의미한다. 내가 직·간접적으로 경험한 것들을 통해 내가 그것을 좋아하는지 싫어하는지, 잘하는지 잘 못 하는지를 알게 되고, 내가 무엇을 할 때 행복한지를 알게 된다.

 아이들은 얼마나 다양한 경험을 하면서 살아갈까? 아이들은 많은 시간을 학교와 학원에서 보내고 있다. 학교와 학원에서 할 수 있는 경험은 제한적이므로 학교 밖에서도 다양한 경험을 하기 위해 노력해야 한다. 어떤 아이는 학교에서 한 방과 후 스포츠 활동 경험으로 체육 교사의 꿈을 꾸고, 어떤 아이는 부모님과의 여행을 통해 세계 여러 나라의 유적지를 안내하는 여행 가이드를 꿈꾸고, 어떤 아이는 반려동물과 함께 한 경험을 통해 애완동물 미용사를 꿈꾼다. 이처럼 아이들은 자신이 한 경험을 통해 미래를 꿈꾸기도 한다. 다양한 경험을 할수록 자신을 더 잘 알아갈 수 있고, 더 나아가 새로운 생각과 감정을 갖게 되는 경험도 하게 된다. 다양한 경험을 통해 선택한 진로는 아이들을 더 행복한 길로 이끌 것이다.

1. 수업의 목적

 내가 한 다양한 경험을 정리해 보는 것은 나의 꿈을 찾는데 아주 의미 있는 일이다. 내가 어렸을 때부터 해왔던 경험을 쭉 적어보고 그 경험을 했을 때의 내 느낌을 적어본다면 내가 좋아하는 일과 싫어하는 일, 내가 잘하는 일과 잘하지 못하는 일들이 구분되고 나의 관심의 방향이 어느 방향으로 흘러가는지가 보일 것이다.

 이 수업은 학생들이 성장하면서 직·간접적으로 경험한 일을 5개 영역으로 분류하

여 적어보고 발표함으로써 다양한 경험을 통해 자신의 진로를 찾아가는 데 도움을
주고자 한다.

UX(user experience): 사용자 경험은 사용자가 어떤 시스템, 제품, 서비스(사건 또는 체험)를 직·간접적으로 이용하면서 느끼고 생각하게 되는 총체적 경험	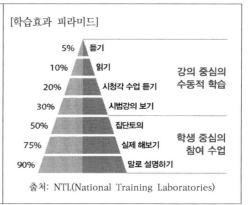 [학습효과 피라미드] 출처: NTL(National Training Laboratories)

2. 경험의 5영역

① 성공 경험(첫째 손가락) - 우리는 무엇인가를 잘했을 때 '잘했어, 최고'의 의미로 '엄지척'을 한다. 엄지손가락은 성공 경험을 상징한다.

② 도전 경험(둘째 손가락) - 검지는 마우스를 click하는 손가락으로 새로운 일에 도전했던 경험을 상징한다.

③ 봉사 경험(가운데 손가락) - 중지는 주변의 손가락보다 긴 손가락으로 힘든 일을 앞서서 처리했던 봉사 경험을 상징한다.

④ 협동 경험(넷째 손가락) - 약지는 혼자 힘을 써서 세우기 어려운 손가락이다. 약지는 누군가와 힘을 합쳐 함께 했던 경험을 상징한다.

⑤ 약속 경험(다섯째 손가락) - 우리는 약속을 할 때 새끼손가락을 걸며 약속을 지키고자 다짐한다. 친구, 부모님 또는 자신 등 누군가와의 약속을 지키려 했던 경험을 상징한다.

3. 활동 방법

① 활동지에 이름을 적는다.

② 내가 지금까지 했던 경험을 생각해 본다.

③ 열 손가락에 내가 했던 경험을 적고, 그때의 느낌을 함께 적는다.

  - 엄지손가락에는 내가 했던 경험 중에 성공했던 경험을 적는다. (성공 경험)

  - 집게손가락에는 내가 했던 경험 중에 새롭게 도전해 봤던 경험을 적는다.
    (도전 경험)

  - 가운뎃손가락에는 내가 했던 경험 중에 남을 위해 봉사했던 경험을 적는다.
    (봉사 경험)

  - 약지에는 내가 했던 경험 중에 누군가와 함께했던 경험을 적는다. (협동 경험)

  - 새끼손가락에는 내가 했던 경험 중에 약속을 지키려 노력했던 경험을 적는
    다. (약속 경험)

④ 활동지를 예쁘게 꾸민다.

⑤ '나를 내 삶의 주인공으로 만들어준 경험 10가지 이야기'를 발표한다.

Tip: 종이에 나의 손을 올려놓고 직접 그려서 해도 좋다. 손을 그릴 때는 손가락을 벌
    려서 그린다.

4. 기대효과

 내가 했던 다양한 경험을 적어보고 발표해 보는 활동을 통해, 자신의 경험에 새
로운 의미를 부여함으로써 진로 탐색과 선택에 내적 동기를 강화할 수 있으며, 학
생의 자아존중감과 진로 교육의 효능감을 증진할 수 있다.

내 꿈을 찾는 시간

<활동지1-2>

Top 10 MUX(Middle School User Experience)
(나를 내 삶의 주인공으로 만들어준 경험 10가지 이야기)

이름

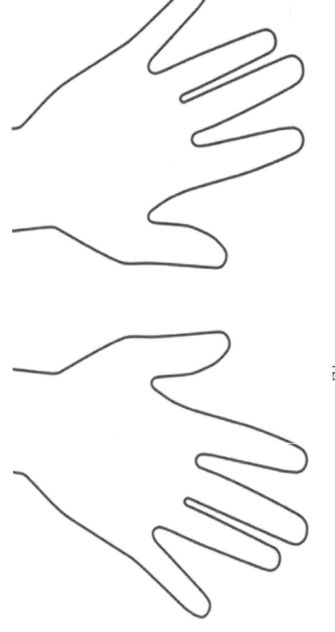

2. 나를 소개합니다

① 나를 표현하는 **해시태그(#, hashtag)**

    - 해시태그 활동으로 나의 장점 소개

    - 내가 보는 나 vs 남이 보는 나

② 내 인생의 한 컷

    - 이미지 그림을 표현을 통한 내 인생 소개하기

③ 나는 내가 좋다

    - 나는 내가 정말 좋다 등의 시를 통한 모방 시

나를 표현하는 해시태그(#, hashtag)

21세기의 시대는 디지털 공간 속에서 다양한 언어를 통해 상대방의 사고방식을 이해한다. 해시태그는 이처럼 SNS 속에서 사용되는 새로운 정보를 공유하는 방법으로 온라인에 특정 키워드를 사용하여 콘텐츠를 편리하게 분류하고 검색할 수 있는 기능으로 단어 본래의 뜻은 '해시(hash)기호를 사용하여 글을 묶는다(tag).'이다.

[1]최초에 사용된 해시태그는 글이나 사진과 관련된 정보를 묶어서 업로드 하는 용도였지만, 최근에는 검색을 도와주는 기능을 하기도 하며 검색이 되지 않는 해시태그라고 하더라도 자신만의 특색을 살리는 개성 있는 태그로 자신의 일상, 직업, 감정, 취미, 관심사 나아가 개인의 가치관과 관련된 모든 관심사를 표현하는 방법으로 사용된다.

해시태그를 사용하는 방식 중 하나는 독특한 나의 개성을 표현하는 도구로 쓰는 유형이고, 두 번째는 홍보를 위해 무조건 많이 다는 유형으로 나뉘는데 대체로 첫 번째 방식이 주를 이룬다고 볼 수 있다.

하루 평균 전 세계인들이 생성하는 해시태그의 개수는 1억 2,000만 개(2017년 연합뉴스 기준) 정도로 정보탐색, 관심사, 홍보, 마케팅, 캠페인, 국제 이슈나 사회현상에 대한 다양한 키워드로 자기 생각과 개성을 표출하고 공유하고 있다.

1. 수업의 목적

진로에서 가장 선행되어야 하는 것은 자기 이해다.

나는 무엇을 좋아하고 어떤 것을 잘하는지를 파악해야 미래의 꿈을 계획하는 데 마중물이 될 수 있다.

이 활동을 통해 자신을 객관적으로 바라보고 특성을 구체화하는 데 도움이 되고

---

1) 출처 : 네이버 블로그 https://blog.naver.com/skygirl9292/221508484802

자 한다.

2. 수업의 내용

해시태그 활동은 내가 보는 나와 다른 사람이 보는 나를 구체적으로 기록해 보는 것이 목적이며 나의 취향, 선호, 관심 분야, 취미, 감정, 흥미, 적성, 생각 등의 키워드를 태그 형태로 활동지에 작성하는 것이다.

3. 활동 방법

① 평소에 관심 있거나 주변 사람들에게 들었던 것 중 나를 잘 표현할 수 있는 핵심어를 생각한다.
② 핵심어 예시를 참조하여 어떤 것을 쓸 것인지 선택한다.
③ 활동지에 자유롭게 핵심어에 맞는 나를 적어본다.
④ 나를 표현한 해시태그가 무엇인지, 작성하면서 느낀 점 등을 발표하며 친구들과 공유한다.

4. 기대효과

① 이 활동을 통해 자신의 장점과 흥미, 적성, 삶을 바라보는 태도 등을 알 수 있다.
② 나를 이해하는 도구로서 진로 설계를 할 때 객관적 자료로 사용할 수 있다.
③ 변화하는 사회에서 새로운 것에 관한 관심을 통해 더욱 나를 성장시킬 수 있는 발판을 만들 수 있다.

5. 활동지

- 핵심어 예시 -	
#좋아하는 것	#나이
#잘하는 것	#나의 장점
#좋아하는 사람	#내가 사는 동네
#좋아하는 영화	#여행하고 싶은 나라
#좋아하는 단어나 글귀	#갖고 싶은 것
#선호하는 운동	#나의 생일
#존경하는 사람	#내가 태어난 곳
#기억에 남는 책	#나의 미래 직업
#좋아하는 브랜드	#나의 혈액형
#최근에 본 영화나 연극	#최근 고민거리
#즐겨보는 TV 프로그램	#마음이 제일 편안할 때는 언제?
#좋아하는 음식	#20년 후의 나에게 한마디
#최근에 읽은 책	#나를 동물로 표현한다면?
#나의 관심 분야	#힘이 되는 한마디
#나의 이상형 타입	#상상만 해도 행복한 일은?
#배우고 싶은 것	#기억에 남는 여행 장소
#주말에 자주 하는 일	#지금 하고 싶은 한 가지는?
#듣고 싶은 말	#미래의 내 자녀가 닮았으면 하는 점
#나의 부캐	#좋아하는 유튜브 채널
#나의 MBTI	#나의 홀랜드 유형

#해시태그

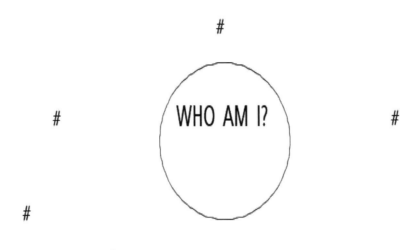

#

#   #

#

WHO AM I?

#   #

#

#

#

#   #

* 해시태그: 단어 앞에 # 기호를 붙여 그 단어에 대한 글이라는 것을 표현하는 기능

내 인생의 한 컷 (Storytelling)

이미지 카드는 자신의 감정을 이해하고, 추상적인 여러 덕목에 대한 이해도와 지식을 높일 수 있다. 대화 및 질문을 유도해 자기의 감정과 경험을 나누는데 효과적인 도구이다. 꿈을 주제로 진로 수업을 시작하기 전 이미지를 보여 주며 그림에서 느껴지는 감정이나 상황 등을 이야기해 보면서 자신의 꿈을 펼쳐 나간다. 그리고 꿈이란 무엇일까? 꿈에 관해 이야기 나누며 자연스럽게 꿈 스토리를 '나의 인생 한 컷'으로 만들어 보도록 한다.

1. 수업의 목적

이미지 카드 4장을 선택하여 미래의 모습을 이야기로 만들어 보고, 진로 장벽이 무엇인지 찾고 해결 방법을 생각해 본다.

2. 수업의 내용

이미지 카드를 책상 위에 펼쳐놓고 조용히 이미지를 살펴본다. 우리는 살아가면서 다양한 경험들과 마주하게 된다. 때론 멋진 추억으로, 때론 후회로 남기도 한다. 내가 화가 났을 때 상황이나, 나를 기쁘게 하는 상황들을 찾아보며 라포를 형성하는 시간을 먼저 갖는다. 꿈이란 무엇이며 자신의 꿈을 생각해 보도록 한다. 꿈을 이루기 위해 어떤 노력이 필요하고, 내가 선행해야 할 것은 무엇이며, 자신의 강점과 재능, 흥미, 적성까지 생각해 보며 두루 살펴보도록 한다. 꿈을 이루는 다양한 방법과 노력, 해결 능력 등을 찾아본다.

3. 활동 방법

① 자신의 꿈에 대해 생각해 보며, 꿈과 가장 잘 어울리는 이미지를 생각한다.
② 지금의 내 모습과 가장 비슷한 이미지를 고른다. 무엇은 무엇이다, 로 카드
   를 골라 자신을 소개한다.
③ '꿈' 하면 떠오르는 이미지를 4장 골라서 꿈에 관해 이야기한다.
④ '꿈' 하면 떠오르는 이미지를 4장 골라서 꿈을 위해서 노력할 점, 마음가짐,
   목표 등을 이야기한다.
⑤ 꿈을 위해 나아가는 과정에서 진로 장벽이 무엇인지 찾아보고, 극복 방법을
   이야기한다.
⑥ 나의 꿈을 위해 나아가는 과정을 이야기로 꾸며본다.
⑦ 발표를 들으면서 다른 친구들이 꿈을 위해 어떻게 노력하는지 엿볼 수 있다.

4. 기대효과

이미지 카드를 활용하여 자신의 꿈과 가장 잘 어울리는 이미지와 꿈을 향해 나아
갈 때 걸림돌이 무엇인지 찾아본다. 이렇듯 진로 결정을 하기 전에 진로 탐색 활
동을 통해 노력할 점, 진로 장벽, 꿈을 스토리를 어어 가며 나누는 시간은 미래
모습의 더 큰 의미를 갖게 될 것이다. 스스로가 노력해야 할 것들이 무엇인지 알
게 되고, 목표를 향해 내딛는 소중한 시간이 될 것이다. 다른 친구들의 발표를 들
으면서 목표설정 방법과 진로 장벽 극복 방법을 찾아보며 내 인생 한 컷을 완성하
며 인생 스토리를 완성해 보는 시간이 될 것이다.

출처-픽사베이(https://pixabay.com/ko/)

<활동지 2-2>

2. 나를 소개합니다   31

내 꿈을 찾는 시간

내 인생의 한 컷

이름 :

현재 나의 모습

결심들

극복해 가는 과정

나의 미래 한 컷

2. 나를 소개합니다　33

'나는 내가 좋다' (모방시)

시를 적어 본 적이 있나요?

모방시는 원시의 형식을 모방하여 새로운 내용으로 글을 표현하는 것이다. 이 활동은 시의 형식을 빌려 자기 자신의 이해를 돕고 자신의 강점을 찾기 위한 활동이 될 수 있다.

시(詩, poetry)에는 자신의 2)마음속에 떠오르는 생각과 느낌을 운율이 있는 언어로 압축하여 표현한 것으로 은유적 사고를 기반으로 한 매우 다양한 비유적 표현들이 담겨있다. 여러분들은 시를 한 번쯤 적어보면서 어려움을 느낀 적이 있을 텐데 모방시를 통해 나를 표현해 본다.

1. 수업의 목적

'나는 내가 좋다' 모방시 쓰기는 좋은 시를 쓰기 위한 훈련이 됨과 동시에 그 시의 운율이나 표현 방법, 의미 등을 파악하여 자신의 꿈에 연결해 볼 수 있는 동기 부여와 남과 비교 하지 않는 나만의 강점을 찾기 위함이다.

---

2) 출처:위키백과 https://ko.wikipedia.org/wiki/%EC%8B%9C_(%EB%AC%B8%ED%95%99)

수업의 예시 - 학생 작품예시

 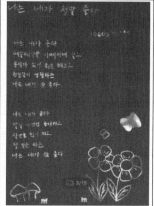 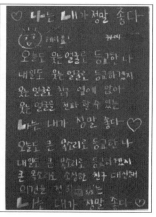

나는 내가 정말 좋다. 나는 내가 좋다 시간 약속을 잘 지켜서 좋고 친구들을 잘 이끌어 리더쉽이 좋고 모든 친구들과 잘 지내는 내가 정말 좋다. 나는 내가 좋다 모든 일에 최선을 다해서 좋고 친구의 고민을 잘 들어 주고 어른들에게 인사도 잘하는 내가 정말 좋다.	**나는 내가 정말 좋다.** 나는 내가 좋다. 항상 열정 많은 내가 좋다. 항상 힘을 내는 내가 좋다. 나는 내가 좋다! 나는 내가 좋다. 예의 바른 내가 좋다. 웃는 내가 좋다. 나는 내가 좋다.
항상 한결같은 내가 좋다 나는 내가 좋다. 계속 포기하지 않고, 언제나 노력하는 나는 내가 참 좋다. 나는 내가 좋다 너무 심각하지 않고 자주 웃으려고 하는 항상 한결같은 나는 내가 좋다.	**나는 내가 정말 좋다.** 집안일을 잘 하고 나를 제어할 수 있으며 잘 뛰어다니는 나는 내가 참 좋다. 나는 손재주가 좋고 친구를 잘 웃게 해주며 포근하고 따뜻한 나는 내가 참 좋다.

2. 활동 방법

① 자신의 강점에는 어떤 것들이 있는지 연습장에 쓴다.

② 주어진 시의 운율에 맞춰 강점들을 대입시킨다.

③ 활동지에 색연필이나 사인펜으로 예쁘게 꾸민다.

④ 내가 만든 '나는 내가 정말 좋다'를 발표한다.

Tip　활동지는 스크래치 페이퍼 또는 컬러 용지로 대체할 수 있다.

　　　(A4지에 연습 후 스크래치 페이퍼나 컬러용지에 완성한다.)

3. 기대효과

　모방시 쓰기는 자아 탐구의 중심의 성찰적 글쓰기와 창의적인 사고능력을 기르고 비유적인 표현력을 향상하는 효과를 기대해 볼 수 있다.

나는 내가 좋다

나는 내가 좋다.
하고 싶은 일이 있을 때
지지해 주는 가족이 있어서
나는 좋다.

나는 내가 좋다.
매주 주말 등산하고
나의 삶을 힘차게 꾸려가며
맡은 일을 해내는 내가
나는 참 좋다.

나는 내가 좋다.
음악감상을 좋아하고 악기를 다루며
건강한 삶의 유지와 향상을 위해 음악과 함께 하는 내가
나는 매우 좋다.

나는 내가 좋다.
잘하는 것이 많지 않아도
실수를 많이 해도
노래 실력이 뛰어나지 않아도
그래도 나는 내가 좋다.
나는 내가 무·조·건 좋다.

나는 내가 좋다

나는 내가 좋다.

_____

_____

_____

나는 좋다.

나는 내가 좋다.

_____

_____

_____

나는 참 좋다.

나는 내가 좋다.

_____

_____

_____

나는 매우 좋다.

나는 내가 좋다.

_____

_____

_____

그래도 나는 내가 좋다.
나는 내가 무·조·건 좋다.

3. 나를 찾아서

① 나를 찾아가는 드림넷 카드 활동(흥미)

　　- 드림넷 카드 활동 관련한 다양한 활동지와 활용법

　　- 흥미 관련 활동

② 나를 찾아가는 드림넷 카드 활동(적성)

　　- 드림넷 카드 활동 관련한 다양한 활동지와 활용법

　　- 적성 관련 활동

나를 찾아가는 드림넷 카드 활동
-흥미활동-

사람들은 자신을 알고 싶어 한다. 물론 그 정도와 깊이는 다르다.

나를 알아가는 다양한 방법들이 있지만 나 자신을 알고 이해하는 방법은 세 가지로 나누어 보겠다. 나 자신을 스스로 탐색하고 관찰하는 방법, 타인을 통해 듣는 칭찬이나 능력의 발견, 질문이나 문항지에 답을 하는 객관적인 검사를 통한 방법이다.

객관적인 검사는 대부분 자기 보고식(정해진 답이 없이 주어진 질문에 자신이 스스로 대답하는 것) 검사이기 때문에 검사할 때의 감정이나 주변 환경, 마음가짐에 따라 변화될 수 있다.

어떤 검사 도구의 결과가 어느 때는 나를 잘 표현하는 것 같지만 어느 것은 나와 다른 모습의 결과를 나타내기도 하는 것은 자기보고식검사이기 때문이다. 어떠한 검사든 검사의 결과를 그대로 받아들이기보다는 나를 탐색하는 하나의 도구로 받아들여졌으면 하는 생각이다. 여기서 사용할 드림넷카드[3]는 홀랜드검사[4]를 기반으로 일상에서 이루어지는 활동(action)을 유형별로 선정한 것이다.

---

[3] 인천광역시교육청 커리어코치 전문가가 연구 제작하여 만든 것입니다. 드림넷 카드는 홀랜드 직업 흥미 유형 기반으로 만들었습니다.

[4] 홀랜드 직업 흥미 유형은 미국의 심리학자인 John L. Holland가 개발하였으며, 성격유형에 기반하여 직업 유형을 선택할 수 있게 한 심리검사 이론이다.' (커리어넷)

〈드림넷 카드〉

드림넷카드는 각 학교에서 진로 수업이나 자기 이해의 도구로 가장 많이 사용되는 홀랜드 검사를 학생들의 호기심과 능동적으로 참여하도록 인천광역시교육청 커리어코치가 연구 제작하여 만든 것입니다.

드림넷카드는 홀랜드 직업 흥미 유형 기반으로 만들었습니다. 카드가 없을 시에는 아래 나와 있는 단어들을 사용해 자신의 좋아하는 활동들이 어떤 것인지 관련 있는 직업은 어떤 것인지 탐색해 볼 수 있다. 객관적인 검사는 해석에 따라 방향이 달라지므로 전문가와 상담을 해야 하지만 여기서는 나의 선호 활동과 직업을 연결해 보기 위함입니다.

인커리어 흥미카드

인커리어 흥미카드는 자신이 좋아하고 싫어하는 활동이 무엇인지 탐색하여 나의 진로설계를 도와주는 도구입니다. 타고난 소질과 환경을 고려하여 개인의 행동 양식이나 인성이 직업 선택과 발달에 중요한 영향을 미친다고 보는 홀랜드 인성 이론을 바탕으로 합니다.

구성 : 54장

(활동카드 48장 / 분류카드 5장 / 안내카드 1장)

활동 방법
1. 분류카드 5장을 펼쳐 놓습니다.
2. 흥미카드 활동 단어를 자신의 흥미 정도에 따라 분류카드 아래에 놓습니다.
3. 카드 분류 후 흥미가 높은 카드를 뒤집어 어떠한 유형인지 확인합니다.
4. 흥미카드의 활동들과 관련된 직업을 탐색하거나 유추해 봅니다.

유 형	선호 직업(작업) 환경
현실형 Realistic	1. 기계를 조작하는 환경 2. 신체의 움직임이 많은 환경
탐구형 Investigative	1. 물리적 현상을 탐구하는 환경 2. 수리적 연구를 하는 환경
예술형 Artistic	1. 창의적 사고와 표현이 우선시 되는 환경 2. 변화와 다양성이 안정되는 자유로운 환경
사회형 Social	1. 타인의 문제, 고민을 해결하는 환경 2. 봉사하는 환경 3. 사람들과의 친화력이 필요로 하는 환경
진취형 Enterprising	1. 사람들을 설득하고 이끌어가는 환경 2. 경제적 이익 따위의 목표 달성이 매우 중요시 되는 환경
관습형 Conventional	1. 변화보다는 안정적인 환경 2. 수리적 계산이나 자료 정리 등이 필요로 하는 환경

드림넷카드 매뉴얼

유형	선호 직업(작업) 환경
현실형 Realistic	1. 기계를 조작하는 환경 2. 신체의 움직임이 많은 환경
탐구형 Investigative	1.물리적 현상을 탐구하는 환경 2.수리적 연구를 하는 환경
예술형 Artistic	1.창의적 사고와 표현이 우선시 되는 환경 2.변화와 다양성이 인정되는 자유로운 환경
사회형 Social	1.타인의 문제, 고민을 해결하는 환경 2.봉사하는 환경 3.사람들과의 친화력이 필요로 하는 환경
진취형 Enterprising	1.사람들을 설득하고 이끌어가는 환경 2.경제적 이익 따위의 목표 달성이 매우 중요시 되는 환경
관습형 Conventional	1.변화보다는 안정적인 환경 2.수리적 계산이나 자료 정리 등이 필요로 하는 환경

드림넷카드 매뉴얼

유형	성향
현실형 Realistic	현실적 · 조직적활동, 신체 · 기계적능력, 실용적, 단순성, 물질적, 동조적, 체계적 등 남성적, 솔직한, 성실성, 검소적, 단순한, 직선적,
탐구형 Investigative	학구적 · 지적활동, 과학 · 수학적능력, 독립적, 신중성, 주저함, 세밀함, 호기심 강함 등 탐구적, 논리적, 분석적, 합리적, 비판적,
예술형 Artistic	비체계적 자유로운 활동, 심미적 능력, 표현적, 직관적, 독립적, 독창적, 감성적, 이상적 등 상상력풍부, 감수성, 자유분방, 개방적, 독창적,
사회형 Social	사람을 다루는 활동, 인간관계 능력, 사교적, 봉사적, 동정적, 협동적, 친근성, 인내심, 관대함 등 사회적, 인간관계능력, 친절한, 붙임성, 감성적
진취형 Enterprising	조직적 · 경제적활동, 도전 · 모험적능력 의욕적, 활동적, 외향적, 언어적, 자신감 등 지배적, 통솔력, 설득적, 지도력, 경쟁적, 야심적
관습형 Conventional	체계적 · 자료처리활동, 사무 · 계산능력, 동조적, 실용적, 순종적, 끈기 있음, 조심성, 정연함, 진지함, 자기 절제 등 정확성, 조심성, 계획성, 성실한, 책임감 강함.

1. 수업의 내용

나를 이해하고 탐색하는 과정을 통해 나의 꿈의 방향을 정하고 내가 나아가야 하는 길을 설계하는 것을 도움을 주기 위함이다. 드림넷카드 활동(play)은 나 스스로를 탐색하고 관찰하는 방법으로 일상에서 내가 자주 하는 활동(action), 좋아하는 활동(action), 싫어하는 활동(action), 관심이 있는 활동(action) 들을 구분 지어 봄으로써 나에 대한 명확한 모습을 발견해 가는 것이다.

2. 수업의 내용

홀랜드 검사의 기본 전제는 한 사람의 직업적 선호가 어떤 의미에서 근본적인 성격의 가려진 표현이라고 한다. (1958년 응용심리학저널의 후속기사 1594년)

드림넷카드를 활용하여 선호하는 활동(action), 관심이 있는 활동(action), 싫어하는 활동(action)을 찾는다. 일상생활에서의 활동이 직업에서 직무와 연결되는 것을 이해할 수 있도록 한다.

3. 활동 방법

활동 1. 나의 흥미 유형을 찾아라

* 방법
① 〈활동지 3-1-1〉 드림넷카드 목록을 보고 좋아하는 활동 단어를 모두 자른다.
② 〈활동지 3-1-2〉에 좋아하는 활동 단어를 유형별로 붙인다.
③ 각 유형에 붙인 활동 단어의 개수를 아래 칸에 적는다.
④ 가장 많은 수의 유형을 3개 적는다.

활동 2. 좋아하는 활동(action) 찾아라

* 방법
① 〈활동지 3-1-1〉 드림넷카드 목록을 보고 좋아하는 활동 단어 3개를 고른다.
② 〈활동지 3-1-3〉 활동단아 칸에 좋아하는 활동 단어 고른 것을 한 칸에 한 개씩 적고 그 아래 칸에 이유를 적는다.
③ 자신이 좋아하는 활동을 사용하는 직업을 찾아서 적는다.
④ 좋아하는 활동을 발표하고 난 후 서로서로 응원과 격려를 한다.

활동 3. 직업 활동(action)을 찾아라

* 방법
① 〈활동지 3-1-4〉 나의 꿈이나 관심 직업의 이름을 적고 직업에 해당하는 이미지를 그린다.
② 〈활동지 3-1-1〉 드림넷카드 목록을 모두 자른다.
③ 〈활동지 3-1-4〉에 적은 직업에 필요한 활동 단어를 모두 찾아서 붙인다.
④ 직업에 필요한 활동 단어를 붙인 다음 내가 좋아하는 활동 단어에 동그라미를 한다.
⑤ 동그라미를 한 활동 단어를 더 잘 할 수 있는 방법을 적거나 이야기한다.

활동 4. 친구야! 고마워

* 방법
① 모둠이나 짝을 지어 활동한다.
② 〈활동지 3-1-1〉 드림넷카드 목록을 모두 자른다.

③ 드림넷카드 목록 책상 위에 펼쳐놓는다.

④ 가위바위보를 하여 순서를 정한다.

⑤ 이긴 사람은 1분 동안 자신이 잘하고 좋아하고 관심 있는 것 등을 소개한다.

⑥ 진 사람은 이긴 사람의 이야기를 듣고 이긴 사람한테 어울리는 드림넷카드 활동 단어를 2개 선물하며 이유를 말한다. (선물 주는 활동 단어 개수는 조절할 수 있다)

⑦ 활동 단어 선물을 받은 사람은 친구들이 선물해 준 활동 단어를 받아서 기분 좋은 활동 단어를 소개한다.

활동 5. 드림넷 원 카드

* 방법

① 〈활동지 3-1-1〉 드림넷카드 목록을 모두 자른다.

② 모둠원이 활동 단어 카드를 똑같이 나누어 갖는다.

③ 순서를 정하여 첫 번째인 사람이 직업 이름을 말한다.

④ 직업을 부른 사람을 빼고 다른 모둠원들은 그 직업에 해당하는 활동 단어를 말하면서 가운데 모아놓는다. (2개까지)

⑤ 직업에 해당하는 활동 단어가 없을 때는 가운데서 카드 한 장을 가져간다.

⑥ 순서대로 돌아가면 직업을 이야기하고 카드를 먼저 다 버린 사람이 이긴다.

4. 기대효과

- 나 자신이 어떠한 활동을 좋아하는지 탐색해 보며 어떤 흥미 유형의 활동을 선호하는지 알 수 있다.
- 다른 친구들과 비교해 봄으로써 좋아하는 활동이 다름을 알 수 있다.

- 같은 흥미 유형이 나왔더라도 개인별로 좋아하는 활동 목록이 다른 것의 차이를 알 수 있다.
- 다른 사람들에 관하여 관심을 두고 응원과 격려를 할 수 있다.
- 활동(action)과 관련한 직업을 연계하여 찾아볼 수 있다.

내 꿈을 찾는 시간

드림넷카드 목록

탐구형(I)	예술형(A)	사회형(S)	진취형(E)	관습형(C)
자료 분석하기	그림 그리기	기분 맞추기	도전하기	정보 수집하기
연구 조사하기	글짓기	도와주기	관리/감독하기	계획 세우기
문제 해결하기	몸으로 표현하기	가르치기	의견 주장하기	문서 관리하기
실험하기	꾸미기	들어주기	발표하기	정리하기
숫자 다루기	음악 활동하기	어울리기	판매하기	규칙 지키기
전문서적 읽기	새로운 것 찾기	봉사하기	설득하기	분류하기
전문서적 읽기	상상하기	설명하기	이끌기	돈 관리하기
멀리 밖에 찾기	자유로운 활동하기	단체 활동하기	집중시키기	기록하기

활동형(R)

- 도구 다루기
- 작동하기
- 수리하기
- 조립하기
- 만들기
- 질서 지키기
- 운동하기
- 동식물 기르기

나의 흥미유형을 찾아라

이름 :

구분	현실형 realistic	탐구형 investigative	예술형 artistic	사회형 social	기업형 enterprising	관습형 conventional
요약내용						
갯수						

* 가장 많은 수의 흥미유형 3개를 적으세요.

〈활동지 3-1-3〉

좋아하는 활동(action)을 찾아라

이름 :

활동단어

이유 :

활동단어와 관련된 직업들

활동단어

이유 :

활동단어와 관련된 직업들

활동단어

이유 :

활동단어와 관련된 직업들

활동단어

이유 :

활동단어와 관련된 직업들

활동단어

이유 :

활동단어와 관련된 직업들

활동단어

이유 :

활동단어와 관련된 직업들

　　　내 꿈을 찾는 시간

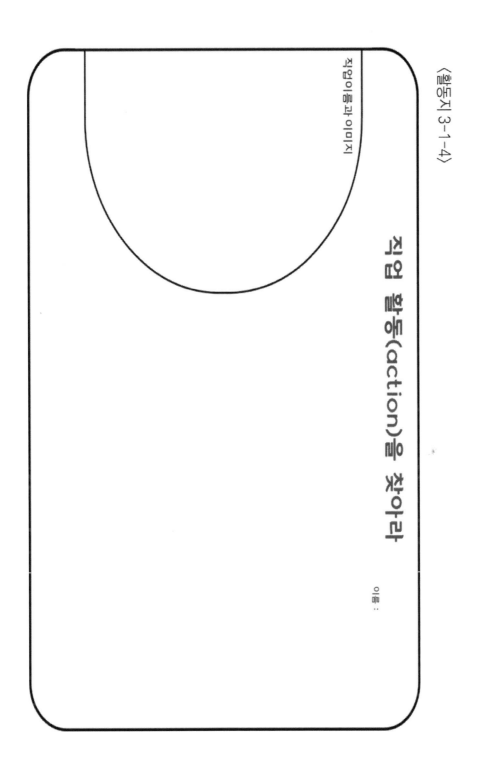

직업이름과 이미지

직업 활동(action)을 찾아라

이름 :

내 꿈을 찾는 시간

나를 찾아가는 드림넷 카드 활동
-적성 활동-

적성이란 어떤 일에 알맞은 성질(性質)이나 소질(素質)을 말한다. 과연 나는 어떤 소질을 타고났을까? 무엇을 잘할까? 우리는 어려서부터 무엇을 잘하는지에 관한 질문을 많이 받는데 나이가 어릴수록 쉽게 대답한다. 하지만 학년이 올라갈수록 내가 잘하는 것이 무엇인지 자신 있게 대답하기 어려워한다. 그래서 다른 사람들의 말에 휩쓸리거나 따라서 하는 경향을 보인다. 또는 유행하는 활동이나 직업에 관심을 보이기도 하고 선택하기도 한다.

그래서 우리는 조금 더 자신에게 집중하여 관심을 가질 수 있도록 한다. 무엇을 할 때 집중하는지, 행복한지, 끈기 있게 도전하는지 생각해 보고 아주 작은 것이라도 성공한 경험을 통해 자신의 장점을 발견하고 관심의 폭을 넓히며 적성을 찾아 미래를 꿈꾸길 희망해 본다.

1. 수업의 목적

드림넷카드를 활용하여 내가 잘하거나 잘 할 수 있는 것과 어려워하거나 못하는 것이 무엇인지 알아볼 수 있다. 잘하거나 잘할 수 있는 것의 역량이나 성격, 가치관 등도 생각해 볼 수 있고 관련된 활동이나 직업에도 관심을 가질 수 있다.

〈활동지 3-2-1〉을 보고 잘하는 것을 찾아보고 난 후 〈활동지 3-2-2〉를 통해 자신의 적성을 알아보는 데 도움이 될 수 있다.

〈활동지 3-2-1〉

현실형(R)	탐구형(I)	예술형(A)	사회형(S)	진취형(E)	관습형(C)
도구 다루기	자료 분석하기	그림 그리기	기분 맞추기	도전하기	정보 수집하기
작동하기	연구 조사하기	글짓기	도와주기	관리/감독하기	계획 세우기
수리하기	문제 해결하기	몸으로 표현하기	가르치기	의견 주장하기	문서 관리하기
조립하기	실험하기	꾸미기	들어주기	발표하기	정리하기
만들기	숫자 다루기	음악 활동하기	어울리기	판매하기	규칙 지키기
질서 지키기	전문서적 읽기	새로운 것 찾기	봉사하기	설득하기	분류하기
운동하기	관찰하기	상상하기	설명하기	이끌기	돈 관리하기
동식물 기르기	원리 법칙 찾기	자유로운 활동하기	단체 활동하기	집중시키기	기록하기

〈활동지 3-2-2〉

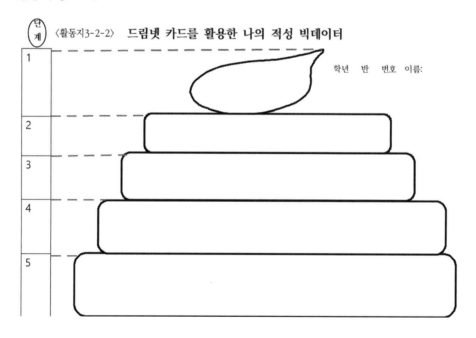

단계 〈활동지3-2-2〉 드림넷 카드를 활용한 나의 적성 빅데이터

학년 반 번호 이름:

1
2
3
4
5

2. 활동 방법

① 드림넷 카드 〈활동지 3-2-1, 3-2-2〉를 준비한다.

② 〈활동지 3-2-1〉에 있는 단어를 확인하고 잘하거나 잘할 수 있는 것에 체크한다.

③ 체크한 단어를 5단계에 모두 적는다.

④ 5단계에 적은 단어 중에서 잘하는 것을 확인하고 반을 골라 4단계에 적는다.

⑤ 4단계에 적은 단어 중에서 잘하는 것 중 반을 골라 3단계에 적는다.

⑥ 3단계에 적은 단어 중에서 잘하는 것 중 반을 골라 2단계에 적는다.

⑦ 2단계에 적은 단어 중에서 잘하는 것 중 최종 1단계에 적을 단어를 고른다. 이때, 최종 1단계에 적을 단어는 1개 이상이어도 된다.

⑧ 1단계에 적은 최종 단어를 확인한다.

⑨ 자신의 적성과 관련된 활동이나 직업 등을 알아본다.

3. 기대효과

자신의 장점을 발견하고 좀 더 구체적으로 자신을 생각해 볼 수 있으며 꿈을 찾는 데 도움을 얻을 수 있다.

4. 활동지

- 〈활동지 3-2-1〉, 〈활동지 3-2-2〉, 필기도구

도구다루기	자료분석하기	그림 그리기	기분맞추기	도전하기	정보수집하기
작동하기	연구조사하기	글짓기	도와주기	관리/감독하기	계획세우기
수리하기	문제해결하기	몸으로 표현하기	가르치기	발표하기	문서 관리하기
조립하기	실험하기	꾸미기	들어주기	판매하기	정리하기
만들기	숫자다루기	음악활동하기	어울리기	설득하기	규칙지키기
질서지키기	전문서적읽기	새로운 것 찾기	봉사하기	이끌기	분류하기
운동하기	관찰하기	상상하기	설명하기	의견 주장하기	문서관리하기
동·식물 기르기	원리법칙 찾기	자유로운 활동하기	단체활동하기	집중시키기	기록하기

〈활동지3-2-2〉 드림빛 카드를 활용한 나의 적성 빛 데이터

이름:

단계	
1	
2	
3	
4	
5	

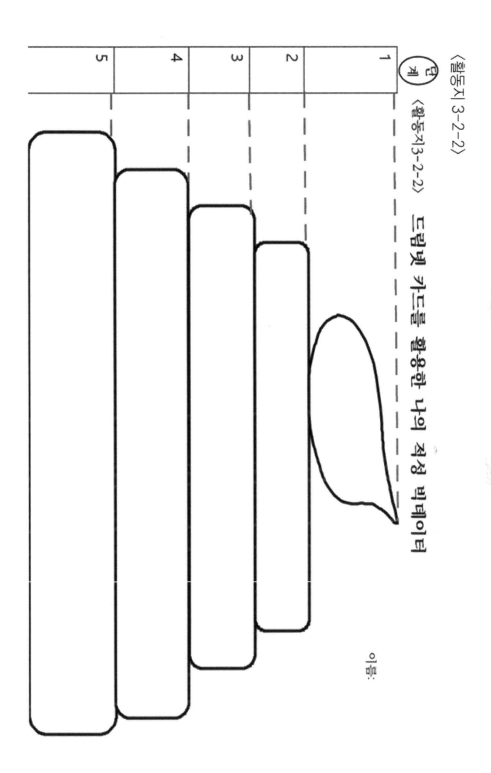

내 꿈을 찾는 시간

4. 나의 역량은

① 미래역량

   – 미래역량 4C

② 나의 역량

   – 나의 역량은 어디까지일까?

미래 역량 (Future competence)

 코로나19로 인해 전 세계적으로 4차 산업혁명 관련 기술들이 빠르게 생활 속에 스며들고 있다. 얼마 전 100년 전에 그렸던 그림들을 우연히 보게 되었는데 상상했던 것들이 만들어져 있는 것을 보면서 미래 사회를 한 번 더 생각해 보게 되었다. 하지만 미래 사회를 과거에서처럼 예측하기란 쉽지 않다.

 미래역량이라는 주제로 수업을 하기에 앞서서 역량의 사전적 의미를 찾아보았다. 역량(力量)은 어떤 일을 해내는 힘이나 기량을 말하는데 〈21세기를 위한 21가지 제언〉에서 유발 하라리는 역량에 대해서 무엇보다 중요한 것은 변화에 대처하고, 새로운 것을 학습하며, 낯선 상황에서 정신적 균형을 유지하는 능력이라고 말하고 있다.

1. 수업의 목적

 4C 5) 를 간단히 살펴보면 비판적 사고(critical thinking) 능력은 무엇인가에 대한 부정적인 생각이 아닌 체계적이고 논리적인 과정을 통해 결론을 도출할 수 있는 능력을 말한다. 의사소통(communication) 능력은 자신의 의사를 글이나 말을 통해 생각을 전달함은 물론 다른 사람의 의사도 정확하게 파악하는 능력을 말한다. 협력(collaboration)은 어떤 일이나 과제를 다른 사람과 함께 수행할 때 협동으로 최고의 성과를 낼 수 있는 능력을 말한다. 창의성(creativity)은 다른 사람들의 눈에는 엉뚱해도 똑같은 현상이나 사물을 볼 때 새로운 개념을 찾거나 새롭게 조합해내는 능력이다.

---

5) 2016 세계경제포럼(다보스포럼 World Economic Forum(WEF)) 보고한 미래핵심역량

2. 수업의 내용

미래 사회를 주도할 인재로 성장시키기 위한 목적으로 진행했던 미래역량 수업은 미션 활동과 프로젝트 수업이 있다.

미션 활동 수업은 1) 모둠에 A4 용지를 제공한 후 하나의 끈을 만드는 수업과 2) 문제를 제시하고 정답을 찾는 미션 활동이었다. 프로젝트 수업은 3) 미래형 학교 모습과 동네 모습을 4절지에 그려보고 발표하는 수업 4) 빨대와 종이컵을 제공하여 결과물을 도출하는 수업 5) 구슬과 하드보드지 등을 제공하여 구슬이 느리게 가기 위한 도구를 만들어 보고대회를 여는 방식으로 진행하였다.

3. 활동 방법

프로젝트 수업 중에서 〈구슬 느리게 굴리기 대회〉는 직접 도구를 만들어 보고대회를 여는 방식으로 진행하였다. (자료①) 〈구슬 느리게 굴리기 대회〉는 모둠 안에서의 의사소통(Communication), 협력(Collaboration), 창의성(creativity)을 더욱 기를 수 있으며, 모둠 간의 경쟁을 통해 문제 발견, 계획 수립, 과제 수행, 결과 생성 4단계를 거치면서 더욱 적극적인 수업 참여를 유도하였다.

<참고문헌>
유발 하라리 (2018) 21세기를 위한 21가지 제언.   p.393. 김영사

※ 〈구슬 느리게 굴리기 대회〉 프로젝트 수업

○ 준비물 :

　하드보드지, 스카치테이프, A4 용지 or 굵은 스트롱, 왕구슬 (모둠별1개)

○ 수업방식 :

① 문제 발견, 계획 수립, 과제 수행, 결과 생성 4단계로 진행순서 안내

② 준비물 배부 (모둠별 하드보드지 1장, 스카치테이프, A4 용지 20장

　　　　　　굵은 스트롱 20개, 왕구슬 1개)　<u>※ 구슬 제공시 분실우려 주의</u>

③ 배부된 준비물을 최대한 활용하도록 안내

④ 구슬이 가장 천천히 움직이게 하는 방법 의논하도록 안내

⑤ 만들 수 있는 30분 정도의 시간 제공 후 대회 진행

Tip ① 1차 시도 후 보완 후 2차 기회를 제공한다.

　　② 1, 2차 각각 우승팀에게 강화물 제공

자료 ①　※ 예시 〈구슬 느리게 가기 대회〉

나의 역량은 어디까지 일까?

역량은 무엇일까?

역량은 어떤 활동이나 업무를 할 때 그것을 수행할 힘이나 기술, 기능 및 능력을 말한다.

그렇다면 우리는 역량을 어떻게 기를 수 있는 걸까?

역량은 태어날 때부터 가지고 태어나는 재능을 말하기도 하고, 학습한 것을 통해 할 수 있게 된 자신의 능력을 말하기도 한다.

그렇다면 어떻게 이것을 기를 수 있을까? 생각해 보면 간접경험 또는 직접경험을 통해서 할 수 있다.

1. 수업의 목적

유아기 및 초등 때에는 '무엇이든지 할 수 있다.' 라는 자신감으로 방과 후 프로그램이나 학원에 다니면서 다양한 활동을 통해 능력을 키운다.

그런데 중학교에서 진로 수업을 하면서 만난 친구들은 이렇게 말한다.

'저는 잘하는 활동이 없어요' 또는 '무엇을 잘하는지 모르겠어요' 심지어는 '저는 좋아하는 게 뭔지 모르겠어요' 하고 진로와 진학에 대한 걱정과 고민을 한다. 성장할수록 자신의 역량을 찾는 것을 힘들어한다.

2. 수업의 내용(사례)

2015년 중학교 자유학년제에서 만난 김동호 친구의 성장 과정 이야기이다.

나는 태어난 지 15개월 이후부터는 아침에 눈을 뜨면 뉴스를 봤다.

정치가 뭔지, 경제가 뭔지도 모르던 나는 그냥 사회는 이렇게 다양한 사건이 발생하고 변화된다는 것을 뉴스를 통해 알게 되었다. 사회변화에 따라서 직업 세계도 변화되어 간다는 것을 진로 탐색 시간을 통해 알게 되었다.

초등학교 3학년 때에는 대한민국에서 열리는 G20 개회식을 보기 위해 학교에 늦게 간 적도 있다. G20이라는 국제기구에 대한 지식도 없던 나는 궁금해서 정보를 찾아보고 다자간 금융 협력을 위해 결성한 조직이라는 것을 알게 되었고, 한국에서 열리는 게 너무 자랑스러워서 꼭 개회식을 보고 싶었다.

중학교부터는 청소년 운영위원회 회원으로 활동하면서 가깝게는 우리 마을의 청소년을 위한 정책에 관심을 두고 제안도 하면서 토론 문화를 알게 되었고, 발표 역량을 펼치기도 했다.

이후 고등학교부터는 사회적 이슈에 대해서 더 관심을 끌게 되었고 청소년 참여위원회, 청소년 특별회의 활동을 하면서 청소년들의 권리와 의무, 청소년들이 바라는 정책을 만드는 프로그램에 더 적극적으로 참여하게 되었다.

그러면서, 올바른 의사소통을 통한 토론을 하고 발표를 하는 역량을 기르게 되었다.

사회에 나가서, 하고 싶은 일이 많았던 나는, 나의 역량을 통해 할 수 있는 특수교사를 목표로 설정하게 되었다.

지금은 대학생이 되어 중등특수 교육과에 재학 중으로 학업 중 초등. 중등. 고등학교 생활 중 쌓은 역량을 발휘하여 자신의 꿈을 향해 나아가고 있다.

사람마다 각자의 역량을 가지고 있고, 펼치는 분야는 다 다르다.

나는 어떤 역량을 가지고 있으며 어디에서 그것을 펼치고 싶은지 자신에게 물음표를 던지고 목표설정을 통해 꼭 꿈을 이루길 필자는 바란다.

B. T. S 게임

(Brain Thinking Story)

활동 방법

- 이 게임은 주제 영역에 따른 나의 정보역량을 확인할 수 있다.
- 모둠 또는 개인전으로 활동을 할 수 있다.

모둠 활동 방법 예시

① 모둠별로 자음을 정하고 자음 칸에 정해진 자음을 적는다.

② 정해진 자음으로 시작되는 위에 주제에 맞는 답을 모둠원끼리 의견을 나누며
   적는다.

③ 위②번 방법으로 전체 칸을 모둠 친구들과 의견을 나누며 다 채운다.

- 상황에 따라 인터넷 검색을 허용한다.

④ 한 팀씩 발표할 자음을 정하고 돌아가면서 우리 모둠이 적은 답을 발표한다.

⑤ 발표하는 팀이 부른 답을 다른 팀이 안 썼으면 발표하는 팀이 그 부분에 대해
   서 1점 획득, 발표하는 팀이 부른 답을 다른 팀이 썼으면 다른 팀이 1점을 획득
   한다.

⑥ 위 ⑤의 방법대로 다 마치고 팀별 점수를 더한다.

⑦ 최고점을 받은 팀은 우승이 된다.

 TIP
- 게임의 주제는 학습자의 학습 목표에 따라 변경해서 활동할 수 있다.
- B.T.S 게임은 다양한 분야에 대한 나의 역량을 확인해 볼 수 있다.

B. T. S 게임 예시

자음/주제	식물	동물	운동	국가	직업	득점
ㄱ	고구마	곰	권투	그리스	경찰	

B. T. S 게임

(Brain Thinking Story)

자음/ 주제	식물	동물	운동	국가	직업	득점

5. 나의 꿈

① My dream list

　　- 내 꿈의 목록

② 나의 강점 자아선언문

　　- 강점을 통한 자아선언문 만들기

My dream list

   사람들은 누구나 인생을 살아가면서 크고 작은 다양한 소망들을 갖게 되는데 그것을 우리는 '꿈'이라고 표현한다. 누군가는 '꿈'을 잠잘 때 꾸는 영상, 느낌, 생각들을 떠올리기도 하겠지만, 죽기 전에 해 보고 싶은 것을 적은 목록 '버킷리스트'를 떠올리기도 한다. 꿈이란 나의 희망이나 이루고 싶은 다양한 목표 등을 일컫는 말이기도 하다. 버킷리스트가 우리나라에서 유행하기 시작한 시점은 아마도 2007년 미국 영화 '버킷리스트'가 개봉한 시점일 것이다. 이 영화는 죽음을 앞둔 노년의 두 남성이 죽기 전에 꼭 해 보고 싶었던 일들을 적어보고 실행하면서 새로운 도전과 경험을 하고, 설렘과 행복해하는 다양한 감정을 다룬 내용으로 관객들에게 가슴 찡한 메시지를 전달하였다.

   필자는 버킷리스트를 좀 부드러운 표현으로 'Dream list'로 하고자 한다.

1. 수업의 목적

   평소에 막연히 '~하고 싶다, ~갖고 싶다, ~가고 싶다' 등 자신이 소원하는 것들을 그냥 생각으로 끝내는 것이 아니라 소망들을 꿈 리스트에 적어보고 삶에서 조금씩 그것을 이루고자 하는 목표와 열정, 용기를 얻기 위함이다.

   자신의 꿈들을 구체화하여 목표하는 것을 이루었을 때 성취감을 얻고, 더욱 풍요롭고 행복한 삶을 살기 위함이다.

2. 활동 방법

① 나의 관심사(이루고 싶은 것, 하고 싶은 것, 소망하는 것)가 어떤 것들이 있는지 적는다.

② 오늘 당장 이룰 수 있는 쉬운 것부터 시작해서 점차 수정 보완하여 적는다. (단기, 중기, 장기목표)

③ 취미, 운동, 공부, 직업, 여행, 자격증, 가족, 사람 관계 등 이루고 싶은 목표들을 다양하게 정리한다.

④ 꿈을 이루는 기간 - 년, 월, 일 단위로 ~일부터~일까지로 적는다.

⑤ 꿈을 이룬 날짜 및 느낌 - 이룬 날짜와 간단히 꿈을 이룬 후 감정을 표현한다. ex) 성취감, 만족감, 자신감, 행복, 또 다른 도전 등.

⑥ 새로운 꿈이 생기면 리스트에 추가한다.

3. 기대효과

꿈 목록을 통해 자신의 목표들을 구체적으로 계획하고 실천할 수 있을 것이다. 스스로 노력하여 꿈을 이루었을 때 성취감과 자신감을 얻고, 자기효능감을 느끼게 되는 기대효과가 있을 것으로 본다.

4. 활동지

My dream list(예시)

이름:

연번	꿈 목록	꿈을 이루는 기간	꿈을 이룬 날짜 및 느낌
1	매일 30분씩 걷기	매일 오후 6시	상쾌한 기분
2	1달에 책 2권 이상 읽기	매월 1~30일	똑똑해지는 느낌
3	하루 세 번 박장대소, 감사, 칭찬하기	매일 하루 중	긍정적 마음
4	영어 공부 매일 1시간씩 하기	매일 오후 8시	할 수 있다.
5	수영 배우기	2010.2.1.~8.30	2010.8.25. 자신감
6	부동산 공부하기	2009.3~6월	2009.6월 뿌듯함
7	자격증 20개 이상 취득하기	2010.1.1.~ 2014.4.31	2014.5 성취감
8	아르바이트 경험해 보기	2009.7월~10월	재능발견
9	취업하기	2010.2.~현재	보람, 행복, 만족
10	친구들과 여행 가기	2014.2~2020.6	힐링, 행복, 설렘
11	세계 여행 다니기	2016.3~2020.5	9개국, 힐링, 정보, 애국심,
12	10억 모으기 도전	2015~2025년	
13	패러글라이딩 도전	2016.8월	성취감, 자신감
14	다이어트(-5kg)	2021.7월~9월	
15	유명 맛집 여행으로 탐방하기	2023.8월~	
16	내 이름으로 책 한 권 써보기	2021.8월	
17	스카이다이빙 해보기	2023.1월 ~	
18	유럽 여행 가기	2024.1월 ~	
19	새로운 곳에서 살아보기	2025.4~	
20	평생 할 수 있는 취미 만들기	2023.6월 ~	

My dream list

이름:

연번	꿈 목록	꿈을 이루는 기간	꿈을 이룬 날짜 및 느낌
1			
2			
3			
4			
5			
6			
7			
8			
9			
10			
11			
12			
13			
14			
15			
16			
17			
18			
19			
20			

나의 강점 자아선언문

 우리가 잘 아는 운동선수, 배우, 가수, 예술가, 작가, 정치인 등 유명인 중에는 자신의 꿈을 이루는 방법의 하나가 마법의 주문을 외우는 것이라고 말하는 인터뷰를 자주 보게 되는 데 성공한 사람 모두 처음부터 부자이거나 천부적인 재능을 가지고 있지 않다.

 자신이 원하는 목표를 이루기 위해 노력하다가 어려움이 닥쳤을 때, 지치고 포기하고 싶을 때마다 들으면 힘이 나서 버티고 또 일어나서 목표를 향해 나갈 수 있는 긍정적이고 짧은 문장을 매일, 매 순간 외치고 외친다고 한다.

"할 수 있다, 할 수 있다."

 이 말은 2016년 8월 브라질에서 열린 하계 올림픽에서 우리나라 펜싱 국가대표 선수인 박상영 선수가 펜싱 결정전에서 상대 선수에게 밀리고 있던 상황에서 스스로 주문처럼 외친 긍정적인 자기암시 문장이다. 당시 박상영 선수는 극적인 역전승을 거두면서 자랑스러운 금메달의 주인공이 되었고 대한민국 국민에게 감동을 선사했다.

1. 수업의 목적

 나를 탐색하는 과정에 나에게 힘이 되는 나만의 강점 자아선언문을 만들어 자신의 일상에 힘이 될 수 있는 디딤돌 역할을 할 수 있도록 한다.

 강점 자아선언문을 통하여 스스로 존중하며 가치 있는 삶을 만들어 가도록 하는데 목적이 있다.

2. 수업의 내용

어떤 사람은 자신의 음악적인 재능을 잘 활용하는 반면 어떤 사람은 자신의 음악 재능을 발휘하지 못하고 있는 사람이 있다. 아무리 좋은 재능이 있어도 갈고 닦지 않으면 소용이 없어진다. 이때 자신의 재능을 더 빛나게 하는 것이 강점이다.

강점은 일상의 사소한 나의 행동을 긍정적으로 바꾸기 위한 것이다. 자아 선언문을 만들어 봄으로써 내가 되고 싶은 사람의 이미지를 그리고 나를 사랑하고 존중해 줄 수 있는 시간이 된다.

"말이 씨가 된다."라는 속담이 있다. 입으로 말하고 내 귀를 통해 뇌에 전달이 되면 우리의 뇌는 그 말대로 인식하게 되므로 자아선언문을 통해 긍정적인 변화를 끌어내도록 해 준다.

3. 활동 방법

① 먼저, 나는 어떤 사람이 되고 싶은지 생각한다.
　　예) 재미있는 사람, 도와주는 사람, 연구하는 사람,
② 내가 갖고 싶은 강점을 **STRENGTH (Values-In-Action)** 목록에서 3개 단어를 고른다.
　　예) 협동, 열정, 감사
③ 활동지 첫째 줄에 되고 싶은 사람과 이름을 적는다.
　　예) 동물을 사랑하는 ㅇㅇㅇ, 친절한 ㅇㅇㅇ, 꿈과 희망의 영화제작자 ㅇㅇㅇ
④ 내 꿈을 실천하기 위한 단어로 문장을 만든다.
　　예) 친구들에게 친절하게 말한다.
⑤ 내가 되고 싶은 사람이 되기 위한 자아선언문을 큰 소리로 읽는다.
⑥ 자아선언문을 스마트폰 바탕화면이나 책상에 붙여 놓고 매일 읽으면서 꿈에 한 발짝 한 발짝 다가가는 노력을 한다.

4. 기대효과

자아선언문을 작성하면서 나의 미래 이미지를 표현할 수 있으며 실천해야 할 행동들의 가치를 알 수 있다.

5. 활동지

예)

장래 과학자, 호기심쟁이 재완!

나 OOO는
책을 호기심으로 읽고,
끈기 있게 공부하며,
열정적으로 학교생활을
하겠습니다.

(이미지 출처-참샘블로그)

STRENGTH (Values-In-Action) 강점

1	호기심	일어나고 있는 현상과 경험에 관심 두는 마음
2	학구열	새로운 기술, 주제, 지식을 배우고 숙달하는 것
3	판단력	정보를 객관적이고 이성적으로 가릴 줄 아는 것
4	창의성	새로운 방식으로 타당한 방법을 생각해 내는 것
5	사회성	자신과 다른 사람의 동기와 감정을 파악하는 능력
6	예측	세상의 이치에 맞게 닥쳐올 일을 미리 내다 봄(예견력)
7	용감	위험, 도전, 어려움, 고통으로부터 물러서지 않는 힘(호연지기)
8	끈기	시작한 일을 끝내는 능력
9	정직	진실하게 말하고 참되게 행하는 것
10	사랑	다른 사람과의 친밀한 관계를 소중히 여기는 마음
11	친절	다른 사람의 부탁을 들어주고 선의를 베푸는 행동
12	협동	팀이나 그룹의 일원으로 협력하는 태도
13	평등	모든 사람을 동등하게 대하는 태도(공정성)
14	지도력	집단의 목표를 달성하도록 구성원들을 격려하는 능력
15	겸손	자신을 낮출 줄 알며 자만하지 않는 것
16	신중	선택을 충분히 검토하고 행동하는 것
17	인내	자신의 감정과 행동을 조절하는 능력(자기통제력)
18	감상(느낌)	아름다움과 뛰어남을 인식하고 가치를 부여하는 능력(감상력)
19	감사	좋은 일을 알아차리고 당연한 것을 고맙게 여기는 태도
20	희망	최고의 상황을 기대하고 성취하기 위해 노력하는 태도
21	믿음	절대적이고 영원한 것을 믿고 생활에서 실천하고 노력하는 것(영성)
22	용서	잘못한 사람을 너그럽게 감싸는 마음
23	유머	웃는 것을 좋아하고 다른 사람들을 유쾌하게 만드는 능력
24	열정	활기와 에너지를 가지고 삶에 임하는 태도

(출처: 마틴셀리그만의 긍정심리학)

강점 자아선언문

_____

_____

_____

_____

_____

년 월 일 서명

내 꿈을 찾는 시간

6. 나의 미래

① 드림 벨

    – 드림 벨 만들기

② 미래비전

    – 미래비전 설계

드림 벨 (Dream Bell)

 드림 벨은 진로특강이나 진로캠프 활동을 하면서 알게 되고, 생각하고, 느낀 것을 표현함으로써 자신을 정리해 보고, 교실 등 다양한 공간에 전시하여 수업 결과를 공유하며 친구들에 대해 알 수 있는 프로그램이다.

1. 수업의 목적

 모치즈키 도시타카의 〈당신의 소중한 꿈을 이루는 보물지도〉에서 자신의 목표나 계획을 사진이나 이미지로 구체화하여 자주 봄으로써 자신의 꿈을 이룰 수 있다고 한다.
 드림 벨을 만들면서 성취감도 맛볼 수 있고 자신의 관심사를 직접 적고 꾸미며 자신을 되돌아보거나 앞날의 계획을 세우며 시각화할 수 있다. 또 자주 보면서 꿈에 한 발자국 다가갈 수 있다.

2. 수업의 내용

 사각뿔 형태의 드림 벨은 전시할 때도 좋지만 접어서 보관하기 쉽게 설계되어 있으며 내용은 4면을 활용하여 다양하게 사용할 수 있다.

드림 벨 사용 예1) 다양한 검사 후에 드림 벨을 활용할 수 있다.

1면 - 나의 유형과 특징

2면 - 유형에 관련된 직업 중 관심 있는 직업과 이유

3면 - 닮고 싶은 롤 모델과 이유

4면 - 롤 모델을 닮기 위해 내가 할 수 있는 일

드림 벨 사용 예2) 자기 이해 후 진로 설계에 활용할 수 있다.

1면 - 내가 좋아하는 것과 관심 있는 것

2면 - 해보고 싶은 활동이나 되고 싶은 것

3면 - 되고 싶은 것을 하기 위한 나의 준비나 노력

4면 - 10년 후 나의 모습

드림 벨 사용 예3) 인성이나 의사소통 수업 후에도 활용할 수 있다.

1면 - 들으면 기분 나쁜 말

2면 - 들으면 기분 좋아지는 말

3면 - 우리 반을 위해 내가 할 수 있는 일

4면 - 반 친구 칭찬하기

3. 활동 방법

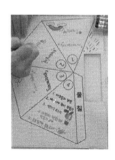  

드림 벨 만들기

■ 준비물 : 전개도가 그려진 A4 색지, 50cm정도의 끈, 풀, 가위

■ 드림 벨 만드는 방법

  1. 전개도의 실선 부분을 가위로 오린다.

  2. 전개도의 점선을 접는다.

  3. 전개도에 활동 내용을 적고 꾸민다.

  4. 끈으로 고리를 만든다.

  5. 전개도에 풀칠이라고 쓰여 있는 부분에 풀칠하고 끈의 고리 매듭을 전개도 안에 넣고 붙인다.

  6. 직사각형 종이는 반으로 접고 이름을 쓴 후 끈의 아랫부분에 붙인다.

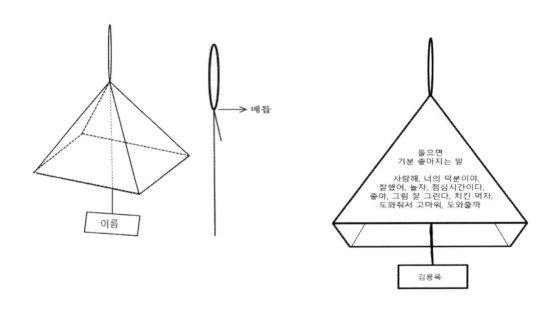

<활동지 6-1> 전개도

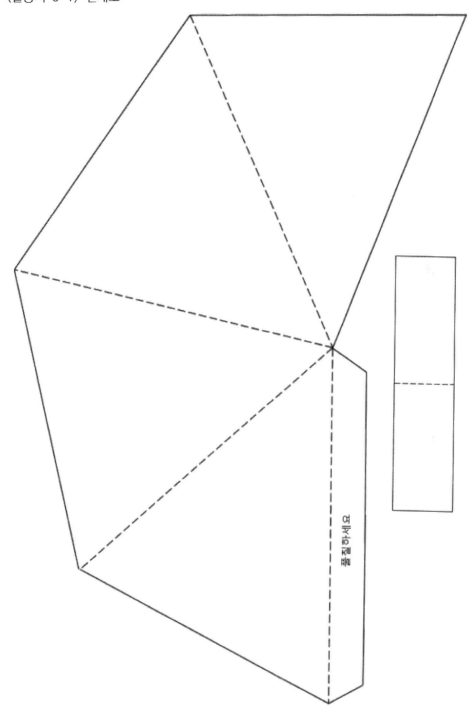

풀칠하세요

　　내 꿈을 찾는 시간

미래비전 【Future and vision】

"여러분은 미래에 **어떻게** 살고 싶습니까?"

"그렇게 살기 위해서 **무엇을** 준비해야 할까요?"

우리는 지금부터 나의 행복한 미래를 설계하기 위해 **동영상을 보는 것처럼** 설계하려고 합니다. 자신의 꿈과 미래를 위한 계획을 조금 더 구체적인 모습으로 보여준다면 각자가 연령대별로 행동으로 실천할 수 있는 것을 찾을 수 있다.

1. 수업의 목적

① 자신의 미래에 관한 이해와 관심을 바탕으로 설계를 생각해 본다.

② 자신의 진로 설계를 위한 실천적 방법과 개인별 맞춤형 진로 탐색 활동을 할 수 있다.

2. 활동 방법

이제부터 우리는 각자의 미래를 디자인해 보자.

-커리어넷 참조 https://www.career.go.kr -

1) 나는 어떻게 살고 싶은가요?

 ① 나는 '사람들에게 행복을 주는 사람'으로 살고 싶다.

 ② 나는 상담사가 되고 싶다.

2) 내가 일하고 있는 곳은 어디인가요?
  ① 나는 프리랜서로 찾아가는 상담을 한다.
  ② 나는 중·고등학교에서 상담하고 있다.
  ③ 나는 병원에서 환자들을 상담하고 치료하고 있다.

3) 나는 무엇을 공부(전공)해야 할까요?
  ① 상담심리학, 심리학, 사회복지 상담학, 청소년 상담학. 교육학

4) 중·고등학교에서는 어떻게 준비해야 할까요?
  ① 상호 의사소통을 통해 문제를 해결하는 과정으로 언어이해와 활용에 등 관한
    과목을 공부해야 한다.
  ② 사회 환경의 이해가 중요하므로 사회과목에 관한 공부도 중요할 것 같다.
  ③ 인간 행동을 과학적으로 연구하는 학문으로 통계적 수치로 설명하기 때문에
    수학 공부를 열심히 해야 한다.
  ④ 학교 동아리 활동으로 솔리언 또래 상담자 활동을 한다.
  ⑤ 관련 학과의 학교를 방문하여 미래의 선배님들 이야기를 들어 본다.

5. 초등학교에서는 어떻게 준비해야 할까요?
  ① 친구들과 사이좋게 지낸다.
  ② 친구들의 이야기를 귀 기울여 잘 들어 준다.
  ③ 내 생각을 표현하는 발표를 열심히 한다.
  ④ 다양한 분야의 책을 읽으면서 다양한 경험을 한다.

미래비전 설계

이름

1. 나는 어떻게 살고 싶은가요?

2. 내가 일하고 싶은 곳은 어디인가요?

★ 아래 그림을 보고 각 단계에 맞추어 자신의 진로 설계를 해 보세요.

(순서: 대학→고등→중→초등, 단, 중학생일 경우 초등은 제외)

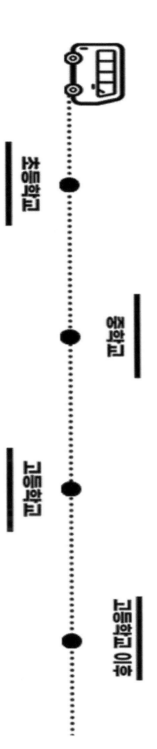

초등학교

중학교

고등학교

고등학교 이후

미래비전 설계

이름

1. 나는 어떻게 살고 싶은가요?

2. 내가 일하고 싶은 곳은 어디인가요?

★ 아래 그림을 보고 각 단계에 맞추어 자신의 진로 설계를 해 보세요.
(순서: 대학→고등→중→초등, 단, 중학생일 경우 초등은 제외)

초등학교

중학교

고등학교

대학
사회진출

내 꿈을 찾는 시간

교구 개발

① 드림넷 카드 메뉴얼

② 꿈★별따기 보드게임

③ 대답놀이 REPLY GAME

인천광역시교육청 커리어코치로서 10여 년의 강의 경험과 노하우로 교구 개발 및 진로
캠프, 부모교육, 교사직무연수를 위해 연구를 진행하고 있는 교육전문 강사단입니다.

드림넷카드 매뉴얼

현실형 (Realistic)	
역량	**정의**
도구 다루기 using tools	어떤 일을 할 때 목적을 이루기 위한 수단이나 방법으로 연장을 용도에 맞게 움직이거나 사용하는 것
작동하기 operation	도구나 기계 따위를 기능에 맞게 사용하는 것
수리하기 repair	물체가 고장 나거나 낡았을 때 손 보거나 고치는 것
조립하기 assembling	여러 부품을 짜 맞추어 하나의 구조물로 완성하는 것
만들기 making	재료나 소재 따위에 노력이나 기술을 들여 이루어 내는 것
질서 지키기 Keeping order	혼란 없이 순조롭게 이루어지도록 조직의 위아래 차례나 절차를 따르는 것
운동하기 exercise	몸을 움직이거나 일정한 규칙에 따라 신체의 기술과 기량을 익히는 것
동식물 기르기 raising the plant and animal	동물을 보살피거나 훈련하는 일, 식물을 키우거나 감상하는 일 동식물의 생명을 존중하는 자세를 갖는 것

드림넷카드 매뉴얼

탐구형 (Investigative)	
역량	정의
자료 분석하기 data analysis	어떤 일의 개념이나 대상을 연구나 조사 등을 통해 다양한 각도로 풀어서 논리적으로 해명하는 일
연구 조사하기 researching	어떤 일이나 사실 또는 사물의 내용 따위를 명확하게 알기 위하여 자세히 살펴 이치나 진리를 밝히는 일
문제 해결하기 problem solving	다양한 경험, 지식, 정보를 바탕으로 합리적, 직감적 사고를 통해 효율적으로 잘 풀거나 해결하는 것
실험하기 experimenting	이론이나 가설 따위가 실제로 가능한지를 알아보기 위해 시험하거나 해보는 것
숫자 다루기 dealing with numbers	숫자를 다양한 곳에 적용하여 문제를 해결하고, 어떤 일을 수량화해 처리하는 것
전문서적 읽기 read specialized books	한 분야에 대해 깊이 있는 지식과 경험을 적어놓은 글이나 그림을 읽는 것
관찰하기 observation	사물의 현상이나 동태 따위를 주의 깊게 살펴보는 것
원리 법칙 찾기 principle	모든 현상의 원인과 결과, 또는 사물과 사물 사이에 내재하는 보편적이며 필연적인 규칙, 사물이나 대상이 운영되고 질서나 힘 따위를 파악하는 것

드림넷카드 매뉴얼

예술형 (Artistic)	
역량	**정의**
그리기 drawing	선이나 색채를 이용하여 사람이나 사물, 풍경 또는 감정이나 상상력을 구체적인 모양으로 나타낸 것
글짓기 writing	생각이나 느낌을 글로 표현하는 일
몸으로 표현하기 body language	사상이나 감정 따위를 몸이나 행동으로 드러내어 나타내는 것
꾸미기 decoration	여러 요소를 조합하거나 다듬어 구성이나 체계를 가진 것으로 보기 좋게 만드는 것
음악 활동하기 Music activity	박자, 가락, 음성, 화성 따위를 갖가지 형식으로 조화시키고 결합하여 목소리나 악기로 표현하는 것
새로운 것 찾기 find something new	지금까지 존재하지 않은 것을 찾아내거나 기존과 달리 파악하거나 느끼는 것
상상하기 imagine	일어나지 않은 일이나 존재하지 않은 대상을 머릿속으로 그려 보는 것
자유로운 활동하기 free activity	남에게 구속받거나 무엇에 얽매이지 않고 자기 뜻에 따라 행동하는 것, 또는 범위 안에서 자기 마음대로 하는 행위

드림넷카드 매뉴얼

사회형 (Social)	
역량	**정의**
어울리기 socializing	함께 사귀어 잘 지내거나 일정한 분위기에 끼어들어 같이 어울리는 것
기분 맞추기 a good gesture	대상이나 환경 따위에 따른 다른 사람의 의도나 의향 따위에 맞추어 행동하는 것
단체 활동하기 group activity	여러 사람이 모여 같은 목적을 위해 행하는 활동
봉사하기 service	국가나 사회 또는 남을 위하여 자신을 돌보지 아니하고 힘을 바쳐 애쓰는 것
들어주기 listening	상대방이 전달하고자 하는 말의 내용과 동기, 정서에 귀 기울여 듣는 것
설명하기 explaining	어떤 일이나 대상의 내용을 상대편이 잘 알 수 있도록 밝혀 말하는 것
가르치기 teaching	지식이나 기능, 이치 따위를 깨닫게 하거나 익히게 하는 것
도와주기 helping	다른 사람을 위하여 일이 잘되도록 거들거나 힘을 보태는 것

드림넷카드 매뉴얼

진취형 (Enterprising)

역량	정의
집중시키기 draw attention	사람들의 시선이나 힘을 한곳에 모이게 하는 것
관리 감독하기 supervision	어떤 일의 사무를 맡아 처리하고 일의 전체를 지휘하는 것
도전하기 challenge	새로운 것이나 어려운 일을 두려움 없이 시도하거나 해보는 것
발표하기 announce	일의 결과나 어떤 사실 따위를 타인에게 발언하거나 이야기를 하는 것
판매하기 sell	상품 따위를 파는 것
설득하기 persuading	설명을 통하여 상대방이 내 이야기의 뜻에 따르도록 하는 것
이끌기 leading	사람, 단체, 사물, 현상 따위를 이끌어 어떤 방향으로 나아가게 하는 것
의견 주장하기 asserting opinion	어떤 사물이나 현상에 대하여 자기의 판단을 이야기하는 것

드림넷카드 매뉴얼

관습형 (Conventional)

역량	정의
계획 세우기 planning	어떤 일에 대해 구체적인 절차나 방법, 규모 따위를 미리 헤아려 구상하는 것 앞으로 할 일의 절차, 방법, 규모 따위를 미리 정하거나 짜는 것
기록하기 recording	어떤 사실을 글이나 기호로 적는 일 후일에 남길 목적으로 어떤 사실을 적는 것
문서 관리하기 managing documents	서류 및 기록물을 유지하고, 보기 좋게 또는 효율적으로 활용할 수 있도록 하는 일
정리하기 arranging	흐트러지거나 어수선한 것을 한데 모으거나 제자리에 두어서 질서 있는 상태가 되게 하는 일
분류하기 categorization	물체나 물질을 특징에 따라 기준을 세워 나누는 것
정보 수집하기 gathering information	내용을 파악하기 위해 새로운 소식이나 자료를 찾아 모으는 일
돈 관리하기 managing money	돈을 유지하고 효율에 맞게 사용하는 일
규칙 지키기 rule abiding	여러 사람이 다 같이 지키기로 한 법칙 또는 질서를 따르는 것

꿈★별따기 보드게임

드림넷 카드와 꿈 별따기 놀이판을 이용하여 홀랜드 특성을 알아가는 보드게임입니다.

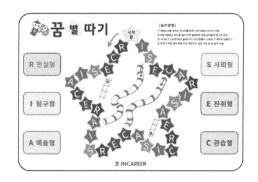 

1. 보드 구성

꿈★별따기 보드판, 말 4개, RIASEC 주사위 1개, 드림넷 카드 1세트, 가이드북

2. 놀이 방법

① 게임 순서를 정하고 주사위를 던져 나온 RIASEC 칸으로 이동

② 던져서 나온 RIASEC 해당 카드를 집어 단어를 설명하고 맞히면 1칸씩 전진

③ 사다리가 나오면 타고 올라가고, 터널이 나오면 미끄러져 내려오기

④ 먼저 도착한 말이 우승 또는 제한시간 동안 가장 앞선 말이 우승

대답 놀이 REPLY GAME

다양한 질문과 대답을 통해 자기이해와 긍정적인 관계를 맺을 수 있도록 돕는
보드게임입니다.

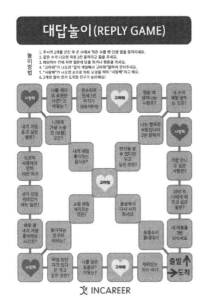

1. 보드 구성
대답 놀이 보드판, 말 8개, 주사위 2개

2. 놀이 방법
① 게임 순서를 정하고 주사위 2개를 던진 후 큰 수에서 작은 수를 뺀 만큼 말을 움직인다.
② 같은 수가 나오면 뒤로 1칸 움직이고 춤을 춘다.
③ 해당하는 말판 위치에 적힌 질문에 답을 하거나 행동을 하고, '고마워', '사랑해' 대신 조별 미션을 만들어 활용할 수 있다.
④ 2개의 말이 도착 지점에 먼저 오는 사람이 우승

•진로, 인성, 리더십, 소통, 자유학년제, 직업체험 등 모든 프로그램은 주제, 대상, 예산에 따라 재구성이 가능합니다.

내 꿈을 찾는 시간

내 꿈을 찾는 시간

저자소개

인천광역시교육청에서는 진로 교육 활성화를 위해 2010년에 진로 코디네이터 (Career Designer)를 선발하여 연수와 워크숍을 통해 진로 교육전문가를 양성하였다. 2011년에 커리어코치(Career Coach)로 명칭이 변경되었으며 매년 위촉을 받아 현재는 17명이 활동하고 있다.

커리어코치는 초, 중, 고등학교, 교직원 진로 교육을 포함한 지역사회의 연계 협력 및 유관기관에서 12년 이상 진로 교육을 진행하고 있다. 매년 상, 하반기 프로그램개발 스터디를 진행하며 드림넷 카드, 꿈별 보드게임, 대답 놀이 진로 교구를 출시하였다.

코로나19 사회변화 속에서도 대면, 비대면을 활용한 차별화되고 맞춤형 진로 교육프로그램을 진행함으로써 높은 만족도를 얻고 있다.

강사단

김용옥/김현주/김화배/문수영/배전미/변향미/신유정/오민선
위성애/이길자/이순자/이진아/이희정/전선애/정영희/천혜경/최인선

궁금한 사항이 있으면 이메일로 연락해주세요.
변향미 lovemaiim@hanmail.net
이희정 s686486@hanmail.net
김화배 k4444h@hanmail.net

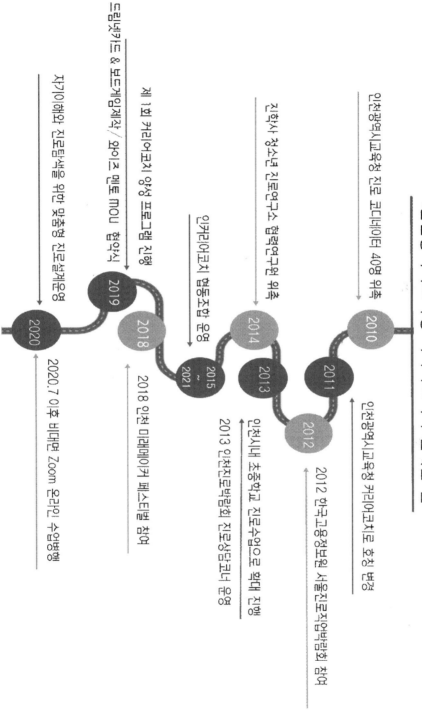

〈인천광역시교육청 커리어코치가 걸어온 길〉

2010
인천광역시교육청 진로 코디네이터 40명 위촉

2011
인천광역시교육청 커리어코치로 호칭 변경

2012
한국고용정보원 서울진로직업박람회 참여

2013
인천시내 초중학교 진로수업으로 확대 진행

2014
진학사 청소년 진로역구소 협력위구원 위촉

2013
인천진로박람회 진로컨설터코너 운영

2015 ~ 2021
인천시 미래메이커 페스티벌 참여

2018
제 1회 커리어코치 양성 프로그램 진행

2018
인천미래메이커 페스티벌 참여

2019
드림씨앗카드 & 보드게임제작 / 와이즈 멘토 MOU 협약식

2020
자기이해와 진로탐색을 위한 맞춤형 진로설계운영

2020.7 이후
비대면 Zoom 온라인 수업행

인카리어코치 협동조합 운영

2021 학년도 커리어코치 진로수업 계획안

2021년 2월

인천광역시교육청
INCHEON METROPOLITAN CITY OFFICE OF EDUCATION

[중등교육과]

초등 진로수업 프로그램

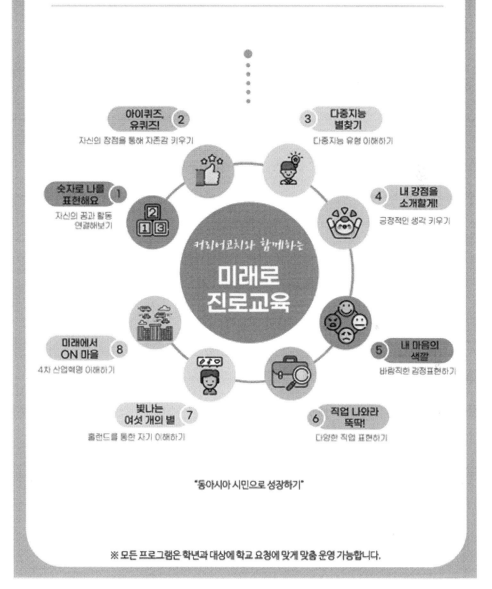

커리어코치와 함께하는
미래로 진로교육

2 **아이퀴즈 유퀴즈** 자신의 장점을 통해 자존감 키우기

3 **다중지능 별찾기** 다중지능 유형 이해하기

1 **숫자로 나를 표현해요** 자신의 꿈과 활동 연결해보기

4 **내 강점을 소개할게!** 긍정적인 생각 키우기

8 **미래에서 ON 마을** 4차 산업혁명 이해하기

5 **내 마음의 색깔** 바람직한 감정표현하기

7 **빛나는 여섯 개의 별** 홀런드를 통한 자기 이해하기

6 **직업 나와라 뚝딱!** 다양한 직업 표현하기

"동아시아 시민으로 성장하기"

※ 모든 프로그램은 학년과 대상에 맞게 학교 요청에 맞춤 운영 가능합니다.

중등 진로수업 프로그램

01	순간포착, 행복 UP	자신과 타인의 장점알기
02	퍼즐을 맞춰봐	긍정적인 자아개념 확립하기
03	동아시아 속 다중지능	자신의 강점 지능과 직업연결하기
04	Archive H	타인의 감정이해하기
05	강점 트리	자아존중감 향상시키기
06	직업의 신	인천지역의 다양한 직업찾기
07	미래에서 ON 산업혁명	미래역량 이해하기
08	삼시육끼	보드게임을 통한 직업 알아보기
09	인스타드림	질문과 답을 통한 키워드로 나를 표현하기
10	드림넷 플레이	자기탐색을 통한 나의 좋아하는 활동 찾기
11	내 꿈도 GROW!	목표설정의 중요성 알기
12	사물인터넷 아이디어상품 발명대회	4차 산업혁명 기술을 이용한 물건탐색 및 관심 갖기
13	미래를 향한 JOB TOUR	미래사회 이해하기 미래직업 탐색하기
14	슬기로운 감정생활	스트레스의 상황과 해소법을 표현하기
15	미래로 월드카페	4차 산업기술의 장단점과 사고 넓히기
16	직업 골든벨	골든벨을 통한 직업탐색하기

※ 모든 프로그램은 학년과 대상에 학교 요청에 맞게 맞춤 운영 가능합니다.

중학교 자유학년제 프로그램

팀빌딩을 통한 리더십, 협업,
예측, 의사소통의 중요성 알기

미션! 집 짓기

긍정적 사고와
협업능력 기르기

함께하면 win

깐깐한 AI면접관

일하는 분야에 따라 질문과
관점이 변화되고 유연성 기르기

도전 창의 보드

다양한 생각을
창의적으로 표현하기

물건, 사람, 생각의 양면성을
표현하며 관점 넓히기

포노 사피엔스

자신의 생각을
예술적으로 표현하기

나도 레퍼

관심사 보드

타인의 관심사에 정보 공유,
응원을 하면서 관계 증진

나눔 연대기

함께 사는 세상 나눔을
실천하기 위한 다짐하기

팀빌딩을 통한 리더십, 협업,
예측, 의사소통의 중요성 알기

**스마트한
자기관리사용설명서**

긍정적 사고와
협업능력 기르기

**사다리 타고
동아시아 여행**

브레인스쿨

학습과 관련된
집중력 향상 방법 알기

**TELL ME
TELL ME**

의사소통 및 경청을 연습하는 활동

나의 진로장벽을 찾고
대안을 찾아가기

미래 다섯 조각 이야기

몰입의 힘

집중력 게임을 통하여
나에게 맞는 몰입의 방법 찾기

학과 카드 탐색

학과의 계열과 잘 알지
못하는 학과탐색 계기

※ 모든 프로그램은 학년과 대상에 학교 요청에 맞게 맞춤 운영 가능합니다.